TEDD ARNOLD

HUGGLY®
Y EL DÍA DE
HALLOWEEN

SCHOLASTIC INC. Cartwheel B·O·O·K·S®

New York   Toronto   London   Auckland   Sydney
Mexico City   New Delhi   Hong Kong   Buenos Aires

A Edie y Steve

— T. A.

Originally published in English
as *Huggly's Halloween*.

Translated by Susana Pasternac.

ISBN 0-439-41831-3

10 9 8 7 6 5 4 3 2 1

02 03 04 05 06

Printed in the U.S.A.
First Scholastic Spanish printing, September 2002

Huggly entró corriendo en el pozo secreto.

—¡Booter, Grubble, vengan rápido! —gritó—.
¡Los humanos se han vuelto locos!

—¡Vamos! —dijo Booter.

—¡No me lo quiero perder! —dijo Grubble.

Siguieron a Huggly hasta una compuerta del túnel que conducía a la cama del niño donde Huggly siempre jugaba.

—Todos los humanos se han vuelto monstruos —dijo Huggly—. ¡Miren!

Los tres amigos miraron por la ventana del dormitorio.
La calle estaba oscura, pero pudieron ver unas criaturas
horribles que iban de casa en casa.
—¡Qué raro! —dijo Booter.

Entonces unos niños que llevaban unas
bolsas llegaron a una casa y llamaron a la
puerta. La puerta se abrió y apareció la mano de
una persona que metió unas cosas en las bolsas.
Una de las criaturas se sacó algo de la cabeza.

—¡Miren! —dijo Booter—. Los monstruos son
sólo niños humanos.

—Y están comiendo golosinas —dijo Grubble.

—¡Las personas de las casas les regalan golosinas! —dijo
Huggly—. Quizás nos regalen a nosotros también.

—No podemos salir —dijo Grubble—. Las personas nos
descubrirán.

—Algunos de esos monstruos se parecen mucho a nosotros
—dijo Huggly—. Quizás esta noche no se den cuenta de
quiénes somos.

Los tres monstruos encontraron unas bolsas de papel en el dormitorio del niño y luego bajaron en fila a la puerta, detrás de Huggly.

Huggly, Booter y Grubble salieron con mucho cuidado. De pronto, oyeron una voz detrás de ellos.

—No los oí llamar a la puerta.

¡Era una mamá y los había descubierto! Los tres
monstruos se quedaron helados de miedo.

—¡Qué disfraces tan lindos! —dijo la persona y añadió— y,
¿no van a pedir caramelos?

Huggly nunca había hablado directamente con una persona. Por fin, tartamudeó:

—Ca-ca-caramelos...

La mamá sonrió y dejó caer algo en cada bolsa:

—¡Feliz Halloween! —dijo y cerró la puerta.

—¡Yupi! —exclamó Grubble—. ¡Eres un genio, Huggly! Vamos a buscar más golosinas.

Los tres monstruos corrieron a unirse a las otras criaturas.
Y recogieron golosinas en todas las casas del vecindario.

En todas las casas... menos en una.

—Me pregunto por qué ningún niño va allí —dijo Huggly.

—Más golosinas para nosotros —dijo Grubble—. ¡Vamos!

La casa vieja y oscura crujió y rechinó cuando subieron al porche. Grubble tocó y la puerta se abrió con un chirrido, pero no había nadie.

—Este lugar no me gusta nada —dijo Huggly.

—Aquí debe haber caramelos —insistió Grubble entrando en la casa.
—Vamos —dijo Booter, siguiendo a Grubble—. No tengan miedo.

Huggly no quería quedarse solo en el porche y entró
atropelladamente detrás de Booter. La puerta chirrió y se cerró.
¡BAM! Huggly trató de abrirla nuevamente, pero no pudo.

—¡Booter! ¡Grubble! ¡Auxilio! —gritó tirando del picaporte.
Nadie contestó—. ¿Booter? ¿Grubble?

Se habían ido.

Huggly los buscó en el cuarto oscuro y
polvoriento. Le temblaban las rodillas.
—¿B-B-Booter? —susurró—. ¿G-G-Grubble?
Llegó a un rincón, dio la vuelta...

¡y se encontró con un monstruo!

—¡A-a-a-y-a-y-ay! —gritó Huggly,
pero se dio cuenta de que era él
mismo ante un espejo.

—¡Ufff! —dijo—. Qué tonto soy.
Me asusté de mí mismo.

Se quitó las telarañas de la cabeza
y se dio la vuelta.

—¡A-a-a-y! —chilló
Huggly corriendo y ¡PUM!,
chocó contra la pared.

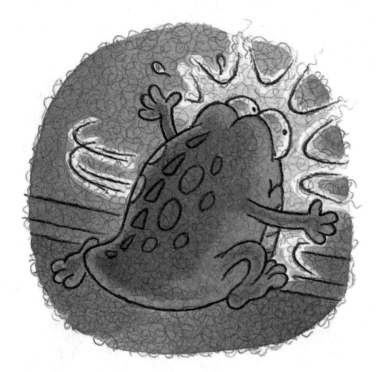

—¡Ja-ja-ja-ja! —se rió el fantasma.
Huggly levantó la vista desde el suelo:
—¿Grubble? —preguntó.

Grubble se quitó la sábana blanca de la cabeza:

—Huggly, ¡cómo te asusté! —dijo riéndose.

—No le veo la gracia —dijo Huggly— ¿Dónde está Booter?

—No sé —contestó Grubble—. Yo estaba buscando golosinas.

Juntos fueron de cuarto en cuarto, pero no
encontraron a Booter. Se arrastraron sigilosamente
por un túnel largo y oscuro.

—¡BUU! —dijo un gigantesco monstruo de metal que estaba delante de ellos y tenía un sable resplandeciente.
¡CRASH! ¡CLANC!

—¡A-a-a-a-ah! —gritaron Grubble y Huggly y tropezaron uno con otro tratando de escapar.

—¡Je-je-je-ja-ja-ja! —se rió el monstruo de metal.

Huggly y Grubble levantaron la vista desde el suelo:

—¿Booter? —preguntaron.

Booter se sacó la monstruosa cabeza de metal:

—Cómo los asusté —dijo ella dejando escapar una risita.

—No le veo la gracia —dijo Huggly—. ¡Deja de reír
y ayúdanos a salir de aquí!

—A ver... —dijo Booter—, ¿por dónde salimos
cuando no podemos usar una puerta?

—¡Por una cama! —dijo Huggly.

—¡Cómo no lo pensé antes! —dijo Grubble.

Los monstruos
subieron corriendo
y entraron en el
primer dormitorio
que vieron.

Booter y Grubble se lanzaron de cabeza bajo la cama. En
ese momento, Huggly recordó que había dejado las bolsas
con caramelos en la planta baja, pero no se atrevió a bajar de
nuevo por la tenebrosa casa. Se dirigió hacia la cama.

—¿Quién...? —comenzó a decir un
pequeño esqueleto humano.

—¡No le veo la gracia!
—dijo Huggly—. No me
asustarás de nuevo,
Booter, ¿o es Grubble?

Huggly levantó la cabeza
del esqueleto. ¡No era Booter
ni Grubble!

—¡Ay-ay-ay-ayyyy!
—chilló Huggly y le volvió
a poner la cabeza.

Luego se lanzó bajo la cama lo más rápido que pudo.

—¿Qué fue ese grito? —preguntó el padre del esqueleto.

—¿Qué pasa aquí? —preguntó la madre del esqueleto.

—V...Vi... un monstruo debajo de la cama —gimió el pequeño esqueleto.

—¿Un monstruo debajo de la cama? —dijo
la madre—. ¡Qué imaginación!